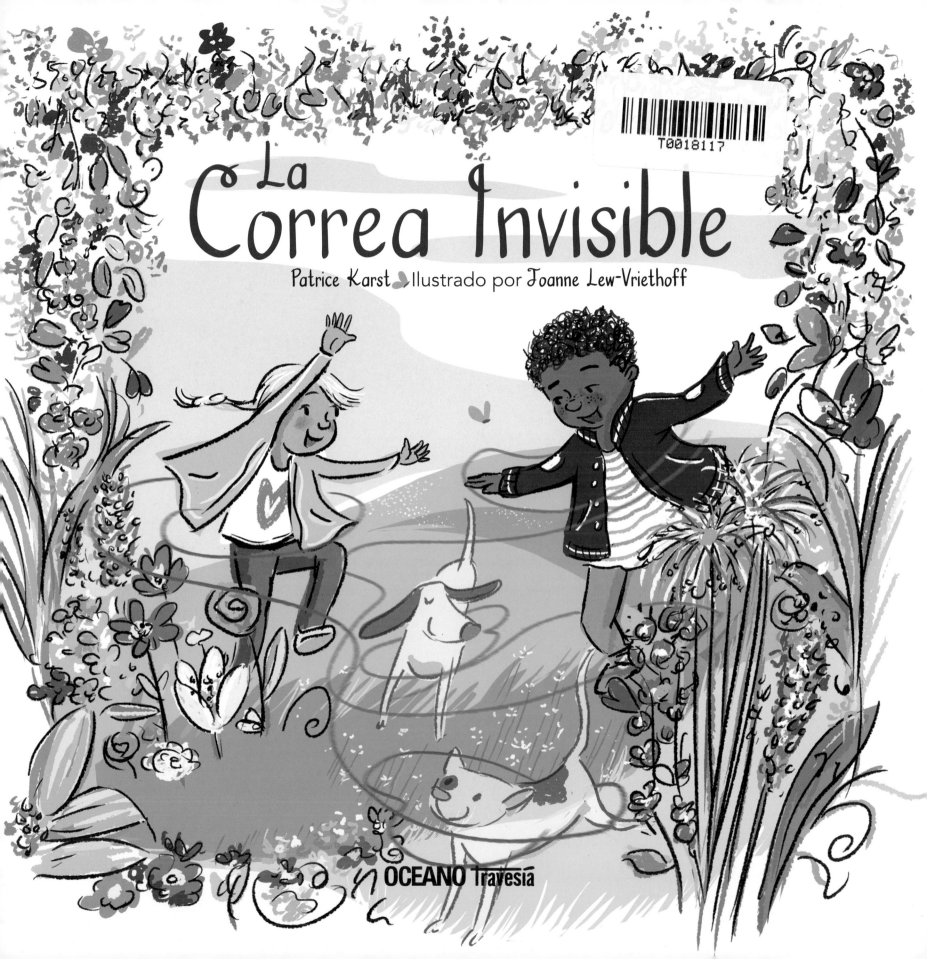

La Correa Invisible

Patrice Karst · Ilustrado por Joanne Lew-Vriethoff

OCEANO Travesía

La Correa Invisible

Título original: *The Invisible Leash. A Story Celebrating Love After the Loss of a Pet*

© 2019 Patrice Karst (texto)
© 2019 Joanne Lew-Vriethoff (ilustraciones)
© 2019 de las ilustraciones: 2019 Hachette Book Group. Diseño de portada Véronique Lefèvre Sweet
© 2019 Hachette Book Groop, Inc.

Esta edición se publicó según acuerdo con Little Brown Books for Young Readers, Nueva York, Nueva York, EE.UU.
Todos los derechos reservados

Traducción: Sandra Sepúlveda Martín

Las ilustraciones de este libro fueron creadas digitalmente. Este libro fue diseñado por Véronique Lefèvre Sweet.
La producción fue supervisada por Erika Schwartz y la editora de producción fue Annie McDonnell.
El texto está en Shannon y el tipo de visualización es Austin Bost Hooked on a Feeling

D.R. © Editorial Océano, S.L.
Milanesat 21-23, Edificio Océano
08017 Barcelona, España
www.oceano.com

D.R. © Editorial Océano de México, S.A. de C.V.
Guillermo Barroso 17-5, col. Industrial Las Armas
Tlalnepantla de Baz, 54080, Estado de México
www.oceano.mx
www.oceanotravesia.mx

Primera edición: 2023

ISBN: 978-607-557-694-7

IMPRESO EN MÉXICO/*PRINTED IN MEXICO*

Impresora Tauro, S.A. de C.V., Av. Año de Juárez 343,
Col. Granjas San Antonio, C.P. 09070, Iztapalapa, Ciudad de México.

—¿Listo para irnos, Zack? —le preguntó Emily a su amigo.

Era viernes y el resto de los niños corrían a casa, emocionados por la llegada del fin de semana. Pero Zack negó con la cabeza. Quería estar solo.

—Bueno, nos vemos luego en la casa del árbol —dijo Emily, dejándolo en el salón.

Zack sólo podía pensar en Jojo mientras se colgaba su pesada mochila al hombro y se dirigía a casa a paso lento.

Este fin de semana, Jojo ya no estará ahí.

Jojo había sido el mejor amigo de Zack en todo el mundo. Jugaban con su frisbi los fines de semana.

Recorrían juntos las colinas y los senderos cerca de su casa.

Y las noches de luna llena,
aullaban juntos a la luna mientras ella les sonreía desde el cielo.

Mamá y papá trataron de animar a Zack con sus pastelillos favoritos, los de arcoíris. Pero Jojo no estaba allí para robarle el último bocado.

—Los pastelillos no son lo mismo sin Jojo —dijo Zack, apartando su plato.

—Adoptaremos otro perro cuando estés listo, amigo —lo tranquilizó papá.

Pero Zack no quería saber nada de eso.

—¡No quiero otro perro, papá! ¡Nunca! ¡Sólo quiero a Jojo de vuelta!

Se alejó, y cuando la puerta de su habitación se cerró de golpe, toda la casa se estremeció de tristeza.

Antes de la cena, Emily pasó a ver si Zack podía salir a jugar.

—¿Qué pasa, Zack? ¿Por qué no fuiste a jugar a la casa del árbol? ¡Vamos!

Emily tiró juguetonamente de su brazo y comenzaron a recorrer el vecindario juntos. Zack arrastraba los pies.

—Jojo murió esta semana. Se hizo viejo y enfermó. No lo volveré a ver...

Nunca más.

Comenzó a llorar.

Emily lo entendió. —Está bien, Zack. Yo también lloré mucho cuando Rexi murió. Pero luego me enteré de la noticia.

Zack sintió curiosidad. —¿Qué noticia?

A Emily le brillaron los ojos. —¡La mejor noticia del mundo!

—Rexi y yo siempre estaremos conectadas —continuó Emily—. ¡Igual que tú y Jojo!

—¿Eh? —Zack no comprendía—. Eso no tiene sentido. ¿Cómo puedes estar conectado con alguien que ya no está?

Emily extendió las manos.

—Porque no se fueron del todo. ¿No lo ves?

Zack entrecerró los ojos y miró a su alrededor, pero sólo podía ver aire.

—¿Es una broma? Porque no veo nada.

—Es lo más real en todo el mundo, Zack. Cuando nuestras mascotas ya no están aquí,

una CORREA INVISIBLE conecta nuestros corazones.

Para siempre.

Zack cruzó los brazos sobre el pecho. —Sólo creo en las cosas que puedo ver.

Una ráfaga repentina de brisa cálida sopló a través del cabello de Emily, y ella se rio. —Pero Zack, ¿acaso no crees en el viento? Incluso si no podemos ver la Correa podemos sentirla. Lo descubrimos la noche en que murió Rexi.

Zack se estaba enfadando. —¡La Correa Invisible no existe!

—El abuelo nos dijo que su abuelo le contó sobre ella cuando era pequeño y su perro Louie murió. Nos dijo que se extiende hasta ese lugar más allá de donde nuestros ojos pueden ver...

hasta donde se fueron nuestras mascotas.

—Sí, cómo no. ¡Eso es imposible! —Zack se rio, aunque no le parecía gracioso. Nada de esto podía ser real. Pero, ay, ¡cómo deseaba que lo fuera!—. ¿Cómo podría Rexi tener una Correa Invisible? Era una gatita. Nunca la paseaste con correa.

—No mientras vivía, pero ahora tiene una. Al igual que el pájaro de mi hermana, Cucú, y el hámster de mi hermano, Fred.

—Pues Jojo detestaba su correa. Le encantaba correr libre —Zack pensó que con eso había conseguido vencer a Emily. Pero ella aún tenía una respuesta.

—No es una correa que ata nuestros cuerpos. Es una que conecta nuestros corazones. Cuando amas a un animal, y él te ama a ti, eso le da a la Correa Invisible el poder para extenderse desde aquí hasta el más allá.

Zack quería saber más. —¿Dónde está exactamente el más allá? ¿Es algo así como otro planeta en el espacio?

—¡Allí, y en todas partes! —respondió Emily—. El abuelo dice que el más allá incluso puede estar a nuestro alrededor. Dijo que pasaríamos el resto de nuestras vidas aprendiendo que descubrimos las cosas más importantes y verdaderas del mundo con nuestros corazones, y que no necesitamos verlas con nuestros ojos. Eso es lo que significa creer.

—Desearía poder creer, Emily. Lo desearía tanto.

Zack comenzó a dudar mientras observaban la luna saliendo sobre el valle. Recordó lo mucho que él y Jojo amaban la luna llena. —Si Jojo me extraña, ¿lo sentiría tirar de nuestra Correa Invisible, como cuando lo paseaba?

—Sí —dijo Emily—. Y funciona en ambos sentidos. Cuando yo echo de menos a Rexi, tiro de la Correa y, a veces,

¡incluso puedo escucharla ronronear!

—¿De verdad? —preguntó Zack, mirando a su amiga a los ojos.

—¡De verdad! —respondió Emily. Y cuando agregó—: Te lo juro —Zack supo que lo decía en serio.

Un viento cálido se arremolinaba alrededor de los dos amigos mientras miraban el cielo nocturno. Las ranas croaban y los grillos cantaban cuando las estrellas comenzaron a juntarse. Pronto, una sonrisa apareció en el rostro de Zack.

—Emily, crees que si Jojo y Rexi han estado mirando la misma luna que estamos mirando...

¿están aquí con nosotros ahora mismo?

—¡Oh, Zack! —Emily se paró de un salto—. No se me había ocurrido eso. ¡La misma luna! ¡Puedo sentir a Rexi tirando de nuestra Correa Invisible en este mismo instante!

Zack tenía una última pregunta. —Emi, ¿cómo se siente un tirón de la Correa Invisible?

—Como el amor —contestó.

Zack sintió que su corazón se calentaba. —Me parece que puedo sentir a Jojo tirando de mí desde el más allá.

—¿Ahora mismo? —preguntó Emily.

—Justo ahora —respondió Zack.

Se sentaron allí durante mucho tiempo sin hablar.

Luego, cuando llegó la hora de cenar, se dieron un abrazo de despedida, y la luna iluminó el camino de Zack de regreso a casa.

Más tarde esa noche, Zack volvió a mirar la luna, que ahora brillaba intensamente en su ventana. Estaba casi seguro de que podía escuchar a Jojo aullar, como solía hacer las noches de luna llena. Y entonces… se le unió. Cuando terminaron, Zack vio los brillantes ojos marrones de Jojo mirándolo. No se sentía como un sueño. Se sentía real.

Y por primera vez desde que murió Jojo,

Zack se durmió feliz.

En algún lugar, más alto que la luna, llamado el más allá, Jojo y Rexi observaban a sus humanos, Zack y Emily, mientras dormían.

Jojo corría en círculos y ladraba de alegría. —¡Amamos tanto a nuestros niños!

Rexi rodaba por la hierba, ronroneando. —Cuando nuestros niños son felices, ¡nosotros también lo somos!

Los otros animales celebraban junto a ellos.

Un día, los niños del mundo conocerán la verdad sobre las Correas Invisibles, que permiten que sus mascotas corran libremente, pero **conectan sus corazones para siempre.**

Un día, esos niños enseñarán a otros cómo creer en las cosas que pueden sentir, aunque no puedan verlas del todo.

La noche estaba quieta. Zack, Emily y el resto de los niños del mundo ahora estaban profundamente dormidos en sus cálidas camas. Y mientras la luna les sonreía desde lo alto, iluminó los miles y millones de Correas Invisibles...

conectándolos a todos.

NOTA DE LA AUTORA

Este libro está dedicado a ti, mi preciosa Coco, amada perra salchicha de mi corazón, tú que siempre estabas lista para hacer (y lamer) nuevos amigos. Gracias por el regalo de ser tu mamá desde el día que saltaste a mi vida a tus ocho semanas. A lo largo de todas nuestras aventuras, las buenas, las malas y, a veces, las realmente malas, me ayudaste de maneras que no puedo poner en palabras. ¡Me enseñaste a amar como ninguna otra criatura de cuatro patas en la Tierra pudo jamás! Me siento honrada de vivir mi vida esforzándome por tener un corazón tan abierto como el tuyo. Siempre supimos que la Correa Invisible es real, ¡pero ahora podemos compartir la buena noticia con todo el mundo!

Querido lector:

Mientras trabajaba en el borrador final de este libro, mi pequeña Coco hizo su propio viaje al más allá. Poco sabía cuánto necesitaría el consuelo de estas mismas páginas y la paz que trajeron a mi alma mientras lloraba su pérdida. Si también estás de duelo por la pérdida de tu querido compañero, este libro está escrito especialmente para ti. Me siento agradecida de poder compartir ahora nuestra historia contigo…

Gracias a:

Todos los fans de *El Hilo Invisible* que me pidieron un libro que explicara nuestra conexión eterna con nuestras mascotas. Este libro es para ustedes…

¡Mis agentes de ensueño, Michelle Zeitlin y Jane Cowen Hamilton de More Zap Literary, por creer en mi visión y luego llevarla a cabo! La materialización es una cosa hermosa…

Andrea Spooner y todos los demás en Little, Brown Books for Young Readers por viajar conmigo a los reinos de lo Invisible, para que podamos compartirlos con el mundo, ayudando así a hacerlo Visible…

Joanne Lew-Vriethoff, mi ilustradora, por tomar mis historias y darles vida, corazón y alma…

Elijah, mi otro hijo (¡el de dos piernas!), quien inspiró *El Hilo Invisible*. Tú, Coco y yo estaremos por siempre conectados por nuestra Correa Invisible. Pero eso tú ya lo sabías…

Todas las criaturas, grandes y pequeñas, especialmente a las preciosas mascotas con las que compartimos íntimamente nuestros hogares, vidas y corazones, gracias por amarnos incondicionalmente…

Y, por último, por crearlos para que pudiéramos abrir nuestros corazones de par en par con exquisito amor por y de los animales, agradezco a DIOS…

Bendice a las bestias y a los niños,

Love, Patrice